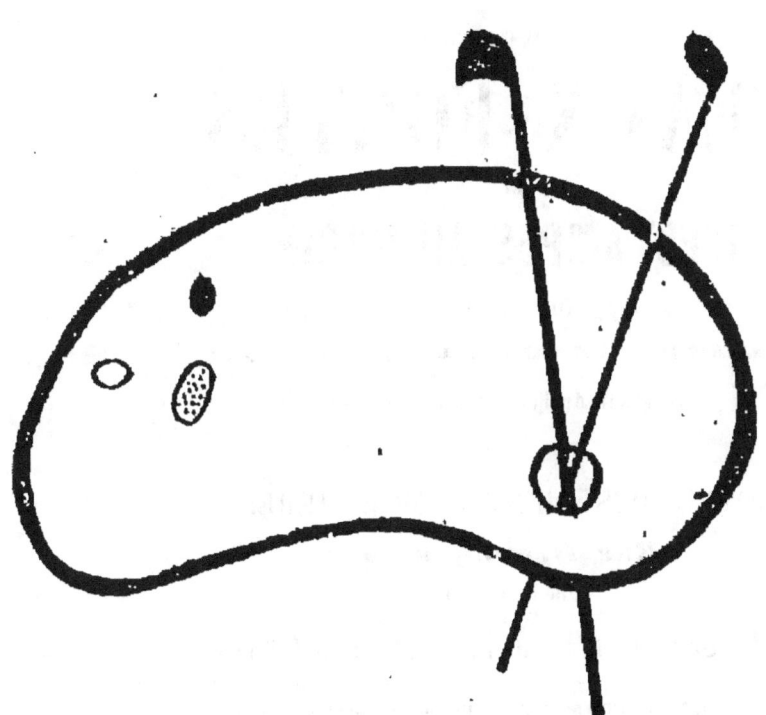

DEBUT D'UNE SERIE DE DOCUMENTS
EN COULEUR

1859. 24 février

CATALOGUE

D'UNE

CURIEUSE COLLECTION

D'EAUX-FORTES

ET

D'ESTAMPES AU BURIN

Des écoles

ALLEMANDE, HOLLANDAISE ET FLAMANDE

Provenant du Cabinet d'un Amateur.

La vente aura lieu

HOTEL DES VENTES MOBILIÈRES

Rue Drouot, n° 5

Salle n° 3, au 1er

Les Vendredi 24 et Samedi 25 Février, à 1 heure.

Me DELBERGUE CORMONT, Cre-Priseur, rue de Provence, 8,
Assisté de M. LE BLANC, rue des Bons-Enfants, 21,
Chez lequel se distribue le Catalogue

EXPOSITION PUBLIQUE

Le Jeudi 24 Février 1859, de 1 heure à 4 heures.

PARIS
RENOU ET MAULDE
IMPRIMEURS DE LA COMPAGNIE DES COMMISSAIRES-PRISEURS
Rue de Rivoli, 144.

1859

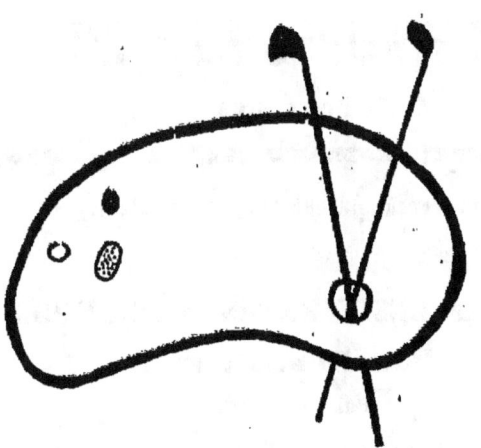

CATALOGUE

D'UNE

CURIEUSE COLLECTION

D'EAUX-FORTES

ET

D'ESTAMPES AU BURIN

Des écoles

ALLEMANDE, HOLLANDAISE ET FLAMANDE

Provenant du Cabinet d'un Amateur.

La vente aura lieu

HÔTEL DES VENTES MOBILIÈRES

Rue Drouot, n° 5

Salle n° 3, au 1er

Les Vendredi 24 et Samedi 25 Février, à 1 heure.

Me DELBERGUE-CORMONT, C°-Priseur, rue de Provence, 8,

Assisté de M. LE BLANC, rue des Bons-Enfants, 21,

Chez lequel se distribue le Catalogue

EXPOSITION PUBLIQUE

Le Jeudi 24 Février 1859, de 1 heure à 4 heures.

PARIS

RENOU ET MAULDE

IMPRIMEURS DE LA COMPAGNIE DES COMMISSAIRES-PRISEURS

Rue de Rivoli, 144.

1859

ORDRE DES VACATIONS

PREMIÈRE VACATION. — Vendredi 24 février
Numéro 1 à 180

DEUXIÈME VACATION. — Samedi 25 février
Numéros 181 à 359

Il sera vendu au commencement de la seconde vacation quelques lots de bonnes estampes que le temps n'a pas permis de cataloguer.

M. LE BLANC faisant la vente, se charge des commissions.

CONDITIONS DE LA VENTE

Elle sera faite au comptant.

Les acquéreurs paieront, en sus des adjudications, cinq pour cent applicables aux frais.

DÉSIGNATION

1 Aken (Jean van). Différents chevaux (B. 1 à 6). Suite de 6 p. in-12 en larg.

2 — Les Voyageurs à cheval (B. 17). In-fol. en larg.

3 — Les Paysans en conversation au haut de la colline (B. 18). In-fol. en larg. *Nicolaus Vischer excudit.*

4 — L'Homme portant un paquet sur le dos (B. 19). In-fol. en larg.

5 — Le Repos des voyageurs (B. 21). In-fol. en larg.

6 Almeloveen (Jean). Paysage (B. 26). In-fol. en larg.

7 — Paysage (B. 28). In-4 en larg.

8 — Paysage (B. 31). In-4 en larg.

9 — Paysage (B. 34). In-4 en larg.

10 — Paysage (B. 35). In-4 en larg.

11 — Paysage (B. 36). In-4 en larg.

12 — Les Portraits du pape Clément X et de Gibert Voet (B. 37). In-4 en haut. Très-rare et très-belle (Vente Rigal, 81 fr.).

13 Bakhuizen (Ludolf). Différentes marines (B. 1, 2, 4, 5, 7, 8, 9, 10). In-fol. en larg. 8 p.

14 Bargas (A.-F.). Le Muletier. Pet. in-fol. en larg. Belle, avec marge.

15 **Bega** (Corneille). Buste de jeune femme (B. 2). In-16. Belle.

16 — Vieille regardant en haut (B. 3). In-16 en haut. Belle.

17 — Vieille de mine riante (B. 4). In-16 en haut. Belle.

18 — Tête de paysan (B. 5). In-16 en haut. Belle.

19 — Tête non achevée (B. 6). In-16 en haut.

20 — Buste de vieille (B. 7). Ovale in-12. Belle.

21 — L'Homme en manteau court (B. 8). In-16 en haut. Belle.

22 — La Femme portant la cruche (B. 9). In-16 en losange. Belle.

23 — L'Homme avec la main dans le pourpoint (B. 10). In-12 en haut. Belle.

24 — La Fumeuse (B. 11). In-12 en haut. Belle.

25 — La Vieille tenant un grand pot (B. 12). In-12 en haut. Belle.

26 — Le Fumeur (B. 13). In-12 en haut. Belle.

27 — Le Buveur (B. 16). In-8 en haut. Belle.

28 — Le Paysan au chapeau bas (B. 17). In-8 en haut. Belle.

29 — La Femme portant un panier (B. 18). In-4 en haut. Belle.

30 — Le Paysan à la fenêtre (B. 19). In-4 en haut. Belle.

31 — Le Paysan allumant sa pipe (B. 20). In-4 en haut. Belle.

32 — La Famille (B. 21). In-16.

33 — L'Assemblée près de la cheminée (B. 23). In-8. Belle.

34 — Les Caresses mal reçues (B. 24). In-8 en haut. Belle.

35 — Les deux Amoureux (B. 25). In-8 en haut. Belle.

36 — La Danse (B. 26). In-8 en haut.

37 — Le Chanteur (B. 27). In-8 en haut.

38 — La Mère (B. 28). In-4. Belle.

39 — Les trois Buveurs (B. 29). In-4 en haut. Belle.

40 — La Mère et son Mari (B. 30). In-4 en haut. Très-belle.

41 — La Mère au cabaret (B. 31). Pet. in-fol. Belle.

42 — La vieille Aubergiste (B. 32). In-fol. Premier état, avant l'adresse. Très-belle.

43 — La jeune Cabaretière caressée (B. 34). In-fol.

44 — Le Cabaret (B. 35). In-fol. Premier état, avant l'adresse. Très-belle.

45 **Beham** (Hans Sebald). Cimon nourri par sa fille (B. 44). In-8 en haut. Belle épreuve, avant les tailles verticales sur le fond, au-dessus de la tête de Cimon.

46 — Les Armoiries au coq (B. 256). In-8 en haut. Belle.

47 — Les Armoiries à l'aigle (B. 257). In-8 en haut. Belle.

48 **Berghem** (Claes). Le Pâtre jouant du flageolet (B. 6). In-fol. Très-belle épreuve, mais sans marge; un angle restauré.

49 — Le Berger assis sur la fontaine (B. 8). In-fol. en haut. Belle, avec l'adresse de Frederick de Widt.

50 — Le Troupeau traversant le ruisseau (B. 9). In-fol. en haut. Belle.

51 — Les quatre sujets d'animaux (B. 13 à 18). In-4 en larg.

52 — Différents Moutons (B. 29, 30, 31, 32, 34). 5 p. in-4 en larg.

53 — Différents Animaux (B. 40, 46, 47, 48). 4 p. in-4 en larg.

54 — Des Béliers et des Chèvres (B. 51, 55). 2 p. in-4 en larg. Belles.

55 **Bleker** (G). Le Troupeau en marche (B. 8). In-fol. en larg. Belle.

56 — Le Chariot à deux roues (B. 11). In-fol. en larg. Rare et belle.

57 — Le Cabriolet (B. 12). In-fol. en larg. Rare et belle.

58 **Boel** (Pierre). Les Aigles (B. 3). In-fol. en larg. Belle; l'angle supérieur droit restauré.

59 — Les Éperviers (B. 6). In-fol. en larg. Belle.

60 — La Chasse au sanglier (B. 7). In-fol. en larg. Rare et belle.

61 **Booм** (A.-H. van). Le Hameau (B. 1). In-4 en larg. Belle. Collection E. Péart.

62 **Both** (Jean). Le Chariot attelé de bœufs (B. 2). In-fol., avec l'adresse de Mariette.

63 — Le Chariot attelé de bœufs (B. 2). — Le grand Arbre (B. 3). — 2 p. in-fol. en haut.; les adresse effacées. Belles.

64 — Le Muletier (B. 6). — Les Pêcheurs (B. 9). — 2 p. in-fol. en larg.

65 — Le Trajet (B. 7). In-fol. en larg. Épreuve avant le nom de Both et avant le n°. Très-rare et belle.

66 — Les cinq Sens (B. 11 à 15). Suite de 5 p. in-fol. en haut. Belles, avec l'adresse de F. de Wit.

67 **Bout** (Pierre). Les Chasseurs (B. 4). In-fol. en larg.

68 — La Jetée (B. 5). In-fol. en larg. Premier état, avec la bordure légère ; avant beaucoup de travaux.

69 **Breemberg** (Bartolomé). Paysage (B. 2). In-8 en haut. Très-belle.

70 — Paysage (B. 4). In-8 en haut. Belle.

71 — Paysage (B. 5). In-8 en haut. Belle.

72 — Paysage (B. 6). In-8 en haut. Belle.

73 — Paysage (B. 9). In-8 en haut. Belle.

74 — Paysage (B. 10). In-8 en haut. Belle.

75 — Paysage (B. 13). In-8 en haut. Belle.

76 — Les Satyres (B. 20). In-4 en larg. Rare et belle.

77 — Paysages. Suite de 6 p. in-8 en haut, souvent attribuées à Breemberg ; elles sont rares.

78 **Bye** (Marc de). Différentes Chèvres et Boucs, d'après P. Potter (B. 1 à 8). Suite de 8 p. in-4 en larg. Belles.

79 — Diverses Vaches et Bœufs, d'après P. Potter (B. 9 à 16). Suite de 8 p. in-4 en larg. Belles.

80 — Un Bœuf debout (B. 18). — Deux Vaches (B. 21). — Une Vache et un Taureau (B. 23). — Un mouton (B. 24). 4 p. in-4 en larg.

81 — Un Bœuf debout (B. 26). — Un bœuf debout (B. 30). 2 p. in-4 en larg.

82 — Titre avec un lion (B. 33). — Un Loup debout B. 35). — Deux Cochons (B. 39). — Une grande Truie (B. 40). 4 p. in-4 en larg., d'après P. Potter.

83 — Les Lions, d'après Paul Potter (B. 49 à 56). Suite de 8 p. in-fol. en larg. Belles.

84 — Les Chasses, d'après P. Potter (B. 57 à 60). Suite de 4 p. in-fol. en larg. Belles.

85 — Titre (B. 49). In-fol. en larg. Première épreuve. avant l'adresse de N. Visscher. — Au verso, un Ours se défendant contre six chiens (B. 60). Première épreuve, avant le n°. — Rare et curieuse.

86 — Différents Ours, d'après Marc Gérard (B. 61 à 75). Suite de 16 p. in-4 en larg. Belles.

87 — Le Chien métis (B. 77). In-fol. en larg. Rare.

88 — Le Muletier (B. 78). In-fol. en larg. Belle.

89 — Différents Moutons (B. 79 à 93). Suite de 16 p. in-4 en larg. Belles.

90 — Un Bœuf debout (B. 98). Pièce rare, superbe.

91 **Cabel** (Adrien Vauder). La Fuite en Égypte (B. 6). In-fol. en larg. Belle.

92 — La Fille avec son chien (B. 17). In-fol. en larg.

93 **Cranach** (Lucas). Les deux Ducs de Saxe (B. 2). In-4 en haut. Pièce gravée sur cuivre. — Très-rare.

94 — Adam et Ève dans le paradis (B., bois, 1). In-fol. en haut. Belle.

95 — Saint Christophe (B., bois, 58). In-fol. en haut. Clair obscur. Rare et belle.

96 **Drebbel** (Corneille). Les sept Arts libéraux, d'après H. Goltzius (B. tome III, p. 119). Suite de 7 p. in-fol. en haut. Belles.

97 **Durer** (Albert). La Vierge donnant le sein à l'Enfant Jésus (B. 36). In-4 en haut. Belle.

98 — La Vierge assise au pied d'une muraille (B. 40). In-4 en haut. Très-belle; un angle restauré.

99 — Saint-Jérôme faisant pénitence (B. 61). Grand in-fol. en haut. Très-belle, avant le trait sur le rocher à gauche.

100 — Sainte Geneviève (B. 63). Pet. in-fol. en haut. Superbe. Collection Gawet.

101 — La grande Fortune (B. 77). In-fol en haut. Très-belle.

102 — Le petit Courrier (B. 80). In-4 en haut.

103 — La Dame à cheval (B. 82). In-4 en haut. Belle.

104 — Le Paysan de marché (B. 89). In-4 en haut. Belle.

105 — Le petit Cheval (B. 96). Pet. in-fol. en haut. Superbe, sur papier *à la tête de bœuf*; un angle restauré.

106 — L'Adoration des rois (B. bois, 87). In-fol en haut. Superbe épreuve, avant le texte au verso.

107 — La Fuite en Egypte (B., bois, 89). In-fol. en haut. Superbe épreuve, avant le texte au verso.

108 **Everdingen** (Aldert van). Le petit Paysage, de forme ovale, en haut. (B. 1). — Le premier petit paysage, de forme ovale, en largeur (B. 2). 2 p. in-12.

109 — Le Paysage, de forme ronde (B. 4). In-4 ovale. Très-belle.

110 — L'Homme sous le petit pont de bois (B. 6). In-8 en haut. Belle.

111 — Le Paysage à la meule (B. 9). In-4 en haut. Belle.

112 — La Cabane de pêcheurs au bord de l'eau (B. 13). — La grande Eglise au sommet de la montagne (B. 16). 2 p. in-8 en larg.

113 — Le Hameau à la pente d'une montagne (B. 17). In-4 en haut. Belle.

114 — La Figure à cheval sur le pont de pierre (B. 22). — Le Chevrier (B. 24). 2 p. in-8 en larg.

115 — Le Hameau au rocher (B. 25). In-8 en larg.

116 — La Chaumière vue par derrière (B. 30). — Les deux Nacelles qui s'approchent (B. 32). 2 p. in-4 en larg. Belles.

117 — Paysages (B. 34-39). Suite de 6 p. in-4 en larg. Manque le nᵒ 38; le 35 est double.

118 — Les trois Huttes au sommet du rocher (B. 41). In-4 en larg.

119 — Marine à travers le rocher percé (B 47). — Les deux Hommes à la porte (B. 48). — Le Charpentier de village (B. 49). — Le Cavalier sur le petit pont (B. 50). 4 p. in-4 en larg. Belles.

120 — La Nacelle retirée au bord (B. 52). — L'Inscription (B. 55). 2 p. in-4 en larg.

121 — Le Chariot au défilé (B. 57). — Les deux Barques dans la large rivière (B. 58). 2 p. in-4 en larg.

122 — Les Pins dans l'eau (B. 68). — Les deux Paysans sur la colline (B. 71). 2 p. in-4 en larg.

123 — Le Rocher pointu (B. 74). In-4 en larg.

124 — La Roue sous le toit mobile (B. 77). In-4 en larg. Très-belle

125 — Le Moulin sous la chute d'eau (B. 78). In-4 en larg.

126 — Le Paysan suivi de son chien (B. 80). In-4 en larg.

127 — La large Rivière (B. 82). In-4 en larg.

128 — Le Clocher (B. 84). In-4 en larg.

129 — Les deux Chariots (B. 85). In-4 en larg.

130 — Les Cabanes (B. 92). In-4 en larg. Belle, avec marge.

131 — L'Homme entre les deux pins (B. 93). In-4 en larg. Belle, avec marge.

132 — Le quartier de Rocher (B. 94). In-4 en larg.

133 — Les Fontaines d'eaux minérales (B. 95 à 98). Suite de quatre pièces in-4 en larg. Belles.

134 — Le Lion suspendant l'exécution du renard (B. 27). In-4 en larg.

135 Flamen (Albert). Diverses espèces de poissons de mer (B. 1 à 12). Suite de 12 p. Très-belles, avec grandes marges.

136 — Poissons de mer (B. 25 à 26). Suite de 12 p. in-4 en larg. Belles.

137 Fyt (Jean). Le Bœuf. (B. 2) — Les deux Renards (B. 8). 2 p. in-8 en larg.

138 - Deux chiens courants (B. 12). In-fol. en larg. Belle.

139 Genoels (Abraham). Le Repos en Egypte (B. 10). In-fol. ovale en larg., avec la pièce qui sert de pendant et qui est gravée par F. Meyer.

140 — Les deux Guerriers (B. 18). In-fol en haut. Très-belle.

141 — Les Pierres dans l'eau claire (B. 36). In-4 en
larg. Belle épr. avec marge.

142 — Le jeune Homme au bord du ruisseau (B. 57).
In-fol. en larg.

143 **Gheyn** (Jacques de). Le Repos en Egypte. In-fol.
en haut. Très-belle.

144 — Le Prévot, d'après H. Goltzius (B. tome III,
p. 122). In-fol. en haut. Belle épreuve. Costume
curieux.

145 **Goltzius** (Henri). La Prière au Jardin des Oli-
viers (B. 28). — Les Juifs se saisissant de Jésus-
Christ (B. 29). — 2 p. pet. in-fol. en haut. Belles.

146 — La Vierge pleurant sur le corps du Christ
(B. 41). In-4 en haut. Copie en contre-partie, non
citée.

147 — Le moyen d'acquérir le repos (B. 110 à 113).
Suite de 4 pièces pet. in-fol. en haut.

148 — Un écusson dans lequel est représenté un co-
chon assis sur une pierre (B. 136). In-16 ovale.
Belle et rare.

149 — Mars et Vénus surpris en adultère (B. 139).
Gr. in-fol. en haut. Superbe.

150 — Les Muses (B. 146 à 154). Suite de 9 pièces
in-fol. en haut. Premier état, avant l'adresse de
Danckerts sur la première pièce.

151 — Bol (Hans), peintre. (B. 161). In-fol. en haut.
Belle.

152 — Forestus (Pierre), docteur en médecine (B. 169).
In-8. Très-belle, avec le nom de P. Mariette au
verso.

153 — Galle (Philippe), graveur (B. 170). In-fol. Belle, mais sans marge, avec le nom de P. Mariette au verso.

154 — Nicquet (B. 177). In-4. Superbe.

155 — Zurenus (Jean), d'après Hemskerk (B. 189). Superbe et rare épreuve avant l'écusson d'armes à la dr. du haut.

156 — La même estampe, avec écusson d'armes.

157 — Une femme en buste (B. 191). Médaillon in-16 ovale. Superbe épreuve.

158 — Un homme en buste (B. 197). In-16 ovale. Belle.

159 — Un général debout, tenant de la main droite le bâton du commandement. In-fol. On lit au milieu du haut : *S. S. Ætat. 27*, et à dr., autour d'un écusson : *Et natura et arte.* 1583. Superbe.

160 — Autre officier (B. 216). In-fol. Belle.

161 — Le trône du roi d'Angleterre (B. 219). In-fol. en larg.

162 — Le dieu Mars (B. 229). In-fol. Clair-obscur. Très-rare.

163 — Helius (B. 234). — Flore (236). — La Nuit (237). — 3 pièces ovales in-fol., en clair-obscur.

164 — Jupiter, Apollon et Mercure, d'ap. Polydore de Caravage (B. 249, 253 et 254). — 3 pièces in-fol, en haut.

165 — Eutyque ressuscité par saint Paul, d'après J. Stradan (B. 279). In-fol. en larg. Belle.

166 — L'Officier de guerre (B. 4ᵉ part. 96). In-fol. en haut. Belle, avec marge. Costume curieux.

167 **Goltzius** (Jules). La Vie de l'Enfant prodigue. Suite de 4 pièces in-folio en larg. Belles.

168 **M.** (P. v.). Le Chien enchaîné et couché (B. 9). In-fol. en larg. *Nicolaus Visscher excudit*. Belle.

169 — Les trois Chiens (B. 10). In fol. en larg. Le n⁰ effacé.

170 **Hackaert** (Jean). L'Arbre incliné (B. 4). In-fol. en larg. Belle, sur papier *à la Folie*.

171 **Haeften** (Nicolas Walraven van). Portrait de l'Artiste (B. 1). In-4 en haut. Rare.

172 **Mecke** (Jean van den). Différents animaux (B. 1 à 12). Suite de 12 p. in-4 en larg. Belles.

173 — Les Maraudeurs (B. 13). In-fol. en larg. P. très-rare.

174 **Jardin** (Carle du). Les deux Chevaux (B. 4). In-4 en haut. Epreuve avant le n⁰. Rare et superbe.

175 — Les deux Chevaux (B. 4). — Le Mouton et les Mouches (B. 38). — 2 p.

176 — Portrait de Vos (B. 52). In-4 en haut.

177 **Jonck Heer** (J.) Les trois Lévriers (B. tome I, p. 116). In-fol. en larg. Belle, avec marge.

178 — Les quatre Lévriers (B. tome I, p. 117). In-fol. en larg. Belle.

179 **Hoogen** (Léonard van der). L'Homme de douleurs (B. 1). In-4 en haut. Très-rare et très-belle.

180 — Saint Sébastien (B. 2). In-4 en haut. Très-rare et très-belle.

181 **Laer** (Pierre de). Différents animaux (B. 1 à 8). Suite de 8 pièces in-4 en larg. Très-belles.

182 — Différents animaux (B. 9 à 14). Suite de 9 pièces in-12 en larg.

183 — La Famille (B. 15). In-8 en haut. Belle.

184 — Les deux Cavaliers (B. 17). In-12 en larg.

185 — Le Paysage (B. 18).

186 — La Femme assise (B. 19). In-12 en larg. 2 épreuves, l'une avec des salissures, l'autre où ces salissures sont effacées.

187 — Le Cavalier (B. 20). In-16 carré. 2 épreuves, l'une où le sabot du pied gauche de devant du cheval n'est pas terminé, l'autre avec le sabot terminé.

188 **Lautensack** (Hans Sebald). Vue d'une petite ville (B. 41). In-4 en larg.

189 — Le Chariot chargé d'échalas (B. 53). In-fol. en larg. Belle.

190 **Mathan** (Jacques). Cupidon et Psyché, d'après Abraham Bloemaërt (B. 76). Gr. in-fol. Superbe.

191 — Diane favorisant les amours d'un jeune homme, d'après H. Goltzius (B. 148). In-fol. en larg.

192 — Andromède, d'ap. H. Goltzius (B. 162). In-fol. en haut. Très-belle.

193 — Sujets d'intérieur, d'après Pierre Aertsens, surnommé Langepier (B. 165, 166, 167). 3 p. in-fol. en larg. Superbes.

194 — Le Repos en Égypte (B. 257). Pet. in-fol. en haut. Très-belle.

195 **Mattue** (Corneille). Le Pont (B. 2). In-4 en larg. Rare et belle.

196 **Meer** (Jean vander) le jeune. La Brebis debout. (B. 2). In-fol. en larg. Très-belle.

197 **Meyeringh** (Albert). Le Mausolée (B. 8). In-fol. en haut. Très-belle.

198 — La Bourrasque (B. 16). Gr. in-fol. en larg. Belle.

199 — Les Bergers (B. 21). Gr. in-fol. en larg. Belle.

200 **Midel** (J.-H.). L'Orgie. Rond in-4. Pièce très-fine, curieuse pour les costumes.

201 **Miele** (Jean). Le Berger (B. 1). In-fol. en larg.

202 — Le Siége de Mastricht, par Alexandre de Parme (B. 4). Gr. in-fol. en larg. Belle.

203 — La Prise de Mastricht (B. 5). Gr. in-fol. en larg. Belle.

204 — La Prise de la ville de Bonn par le prince de Chimay en 1588 (B. 6). Gr. in-fol. en larg. Très-belle.

205 **Molyn** (Pierre). Différents paysages ornés de figures (B. 1 à 4). Suite de 4 p. in-fol. en larg. Belles épreuves sur papier *à la Folie*. Collection Rechberger.

206 **Naiwinck**. Le Rocher surmonté d'arbustes (B. 11). In-4 en haut. Belle.
— Les deux arbres sur le bord de la rivière (B. 10). In-4 en haut.

207 Le Rocher escarpé surmonté d'arbres (B. 16). In-4 en haut. Très-belle.

208 — Le Sentier montant (B. 12). In-4 en haut. Très-belle.

209 **Nooms** (Renier), dit Zeeman. Différents navires (B. 31 à 38). Suite de 8 p. in-fol. en larg.

210 — Quelques navires (B. 39 à 46). Suite de 8 p⁰
in-fol. en larg., premier état, avec l'adresse de
Van Merlen. Superbes, avec grandes marges.

211 — Bataille navale (B. 102). In-fol. en larg. Belle.

212 **Noordt** (Jean Van). Le Troupeau, d'après Pierre
de Laer (B. tome I., p. 16). In-fol. en larg. Très-
belle.

213 **Orley** (Richard van). Vertumne et Pomone. In-fol.
en larg. Rare et belle.

214 **Ossenbeeck** (J. van). Les Gueux près de la
fontaine (B. 9). In-8 en larg.

215 — La Caffarelle (B. 25). In-fol. en larg., premier
état, la planche plus haute. Très-rare et belle.

216 — La grande Cavalcade de l'empereur dans le
Burg de Vienne, d'après Carlo Passetti et Nic. Van
Hoy. Tr.-gr. in-fol. en larg. Très-rare.

217 **Ostade** (Adrien van). Paysan avec une toque
noire (B. 1). In-16 en haut.

218 — Paysanne qui rit (B. 2). In-16 en haut.

219 — La Poupée demandée (B. 16). In-4 en haut.
Belle épreuve de la collection Esdaille.

220 — Les Harangueurs (B. 19). In-fol. en haut.
Epreuve avant le trait échappé sur le nez de
l'homme appuyé sur le montant de la fenêtre.
Rare et belle.

221 — La Grange (B. 23). In-fol. en larg. Belle
épreuve avant les travaux de raccord au-dessus du
dos de la femme.

222 — La Dévideuse à la porte de sa maison (B. 25).
In-8 en haut. Belle.

223 — Les Pêcheurs (B. 26). In-4 en larg. Belle épreuve, avant que le trait carré ait été renforcé au burin.

224 — Trois figures grotesques (B. 28). In-8 en haut.

225 — La Chanteuse (B. 30). In-4 en haut. Belle épreuve, avant les contretailles au burin, sur le mur, à gauche.

226 — Le Peintre (B. 32). In-fol. en haut.

227 — Le Père de famille (B. 33). In-4 en haut.

228 — L'Epouilleuse (B. 35). In-fol. en larg. Pièce rare. Belle épreuve avec une petite marge.
   Vente Vanden Zande, 112 fr.

229 — Le Rémouleur (B. 36). In-8 en haut. Belle épreuve, avant que le trait carré ait été renforcé au burin.

230 — L'Homme conversant avec la femme (B. 37). In-8 en haut.

231 — Les deux Commères (B. 40). In-4 en haut. Belle épreuve avant les retouches et le trait échappé sur le bras de la femme qui est à droite.

232 — Le Charcutier (B. 41). Rond. In-4.

233 — La Famille (B. 46). In-fol. en haut. Belle épreuve avant les tailles horizontales gravées au burin, entre le lit et la fenêtre.

234 — La Fête dans la taille (B. 47). In-4 en larg. Premier état avant les contretailles sur le pignon de la maison. Très-rare et belle.

235 **Penez** (Georg.). Jésus-Christ et les petits enfants (B. 56). In-4 en larg. Belle.

236 **Potter** (Paul). Le Berger (B. 15). In-fol. en larg. Epreuve tirée avant que le nom de Clément de Jonghe ait été effacé. Rare et belle.

— Les deux Vaches vues par derrière (B. 8). In-4 en larg. Rare épreuve avant le n°, mais tachée.

239 **Rembrandt**. Portrait de Rembrandt aux cheveux crépus (B. 1). In-12 en haut. Ancienne épreuve avec une petite marge.

240 — Portrait de Rembrandt au bonnet rond et fourré (B. 16). In-8 en haut. Ancienne épreuve.

241 — Portrait de Rembrandt au bonnet orné d'une plume (B. 20). In-4 en haut. Epreuve sur papier *à la Folie*, avant la retouche dans le bonnet.

242 — Portrait de Rembrandt à bonnet et robe fourrés (B. 14). In-8 en haut. Ancienne épreuve.

243 — Rembrant dessinant (B. 22). In-4 en haut. Ancienne épreuve.

244 — Adam et Ève (B. 28). Pet. in-fol en haut. Premier état, avec le reflet de lumière à la cuisse droite d'Ève. Superbe, signée au verso *P. Mariette*, 1674. Très-rare.

245 — Le Sacrifice d'Abraham (B. 35). In-fol. en haut. Très-belle.

246 — Le Triomphe de Mardochée (B. 40). In-fol. en larg. Très-belle.

247 — La Circoncision (B. 47). In-4 en larg. Premier état, avec les places blanches. Belle.

248 — La Circoncision (B. 48). In-8 en haut. Ancienne, avec une petite marge.

249 — La Fuite en Egypte (B. 53). In-4 en haut. Ancienne et belle.

250 — Jésus-Christ disputant avec les docteurs (B. 65). In-fol. en larg. Premier état, avant les taches dans le haut. Belle.

251 — Le Retour de l'Enfant prodigue (B. 91). In-fol. Belle. Collection Maberly.

252 — Saint Pierre et saint Jean à la porte du temple (B. 94). In-fol. en larg. Superbe épreuve sur papier du Japon, avant le travail à la roulette, à la droite du bas.

253 — Saint Etienne (B. 97). In-4 en haut. Très-belle épreuve ancienne.

254 — Le petit Orfèvre (B. 123). In-12 en haut. Superbe épreuve. Collection Debois.

255 — Le Dessinateur (B. 130) In-8 en haut. Ancienne épreuve avant la retouche.

256 — Le Joueur de cartes (B. 136). In-4 en haut. Belle épreuve avant la retouche de Watelet.

257 — Antiope et Jupiter (B. 203). In-fol. en larg. Belle épreuve avant l'inscription; un angle restauré.

258 — L'Abreuvoir (B. 231). In-4 en larg. Ancienne et belle épreuve.

259 — Le Canal aux cygnes (B. 235). In-4 en larg. Ancienne et belle épreuve de la collection Aylesford.

260 — Paysage à la vache qui s'abreuve (B. 237). In-4 larg. Ancienne épreuve.

261 — Vieillard portant la main à son bonnet (B. 259). Ancienne épreuve de la planche non achevée.

262 — Jean Asselin (B. 277). In-fol. en haut. Epreuve avant la dernière retouche.

263 — Tête de la mère de Rembrandt (B. 352). In-8 en haut. Ancienne et belle épreuve.

264 **Rodermont.** Un homme à genoux devant un prince (Nagler, 7). In-4 en haut. Rare et belle.

265 — Le portrait de Jean second', poëte. In-4 en haut. Rare et belle, avec une petite marge.

266 **Roos** (Jean-Henri). Différents animaux (B. 18 à 30). 12 p. in-fol. en haut., l'adresse effacée et les nos changés.

267 — La Bergère (B. 31). Copie par Bartsch.

268 **Saenredam** (Jean). Vertumne et Pomone (B. 27). Très-grand in-fol. en haut. Superbe épreuve avant l'adresse sur le terrain à droite.

269 Jupiter, Neptune et Pluton avec leurs épouses, d'après Goltzius (B. 53). Suite de 3 pièces in-fol. en haut. Belles.

270 — Pallas et Junon, d'après H. Goltzius (B. 56, 58). 2 p. in-4 en haut.

271 — Les Nymphes de Diane (B. 59 à 61). Suite de 3 p. in-fol. en haut.

272 — Vénus, d'après H. Goltzius (B. 66). In-fol.

273 — Les quatre Heures du jour, d'après H. Goltzius (B. 91 à 94). Suite de 4 p. pet. in-fol. en haut.

274 — Portrait de Carl van Mander, peintre, d'après H. Goltzius (B. 101) In-4.

275 **Saftleven** (Herman). La Femme trayant la vache (B. 34). Pet. in-fol. en larg. Rare et belle.

276 **Sart** (Corneille du). La Ventouse (B. 12). In-fol. en haut. Belle.

277 — Le Chirurgien de village (B. 13). In-fol. en haut. Belle.

278 — Le Cordonnier renommé (B. 14). In-fol. en haut. Belle.

279 — Le Violon assis (B. 15). In-fol. en haut. Belle.

280 — La Fête de village (B. 16). Gr. in-fol. en larg. Belle.

281 **Smees** (J.). Paysages (B. 1, 2, 3, 4). In-fol. en larg. 4 p. Rares et belles.

282 **Stoop** (Thierry). Différents chevaux (B. 1, 2, 5, 7, 8). In-fol. en larg. 5 p.

283 — Le Cheval vu de profil et dirigé vers la droite (B. 9). In-4 en larg. Epreuve avant le n°, malheureusement fatiguée.

284 **Swanevelt** (Herman). Les Bœufs (B. 27). — Les Béliers. (B. 29). — Les Chèvres d'Angora. (B. 31). 3 p. in-4 en larg. Belles.

285 — Les Satyres (B. 33). In-8 en larg. Belle épreuve de la collection Robert Dumesnil.

286 — Vue d'une eau acéteuse hors de Rome (B. 56). Pet. in-fol. en larg. Belle épreuve, avec l'*excudit*.

287 — La Fileuse et les quatre bœufs. (B. 78). In-fol. en larg. Belle épreuve, avec l'*excudit*.

288 — Les deux Cavaliers (B. 79). In-fol. en larg. Belle épreuve, avec l'*excudit*.

289 — La petite Cascade (B. 80). In-fol. en larg. Belle épreuve, avec l'*excudit*.

290 — Paysages (B. 77 à 80). Suite de 4 pièces in-fol. en larg. Superbes, avec l'*excudit*.

291 — Le Cardinal (B. 83). In-fol. en larg. Superbe,
avec l'*excudit*.

292 — Les Blanchisseuses (B. 90). In-fol. en larg.
Belle épreuve, avec l'*excudit*.

293 — La Porte de ville (B. 92). In-fol. en larg. Superbe épreuve, avec l'*excudit*.

294 — La Madeleine en pénitence e(B. 107). In-fol. en
larg. Belle épreuve. avec l'*excudit*.

295 — Balaam (B. 111). In-fol. en larg. Superbe,
épreuve avant toute lettre. Extrêmement rare.

296 — La même estampe (B. 111). Belle épreuve, avec
le nom de Swanevelt, mais avant toute adresse.

297 **Trautmann** (Jean-George). La Résurrection
de Lazare (Nagler 1). In-fol. en haut. Rare et
belle.

298 — Buste d'un homme en costume oriental (Nagler 5). In-4 en haut. Très-rare et très-belle.

299 **Uden** (Lucas van). Paysage (B. 35). In-8 en larg.
Rare et belle.

300 — Vue d'une ville bâtie à l'italienne, d'après le
Titien (B. 52). In-4 en larg. Belle.

301 — Paysage, d'après Rubens (B. 57). In-fol. en
larg.

302 — Paysage, d'après Rubens (B. 58). In-fol. en
larg. Belle.

303 **Velde** (Adrien van de). Le Vacher et le Taureau
(B. 1). — La Vache couchée (B. 2). 2 p. in-4 en
larg.

304 — Les trois Bœufs (B. 3). In-4 en larg. Belle, sur
papier *à la Folie*.

305 — Les deux Vaches et le Mouton (B. 4). In-4 en larg. Belle.

306 — Les trois Vaches (B. 5). — Le Bœuf dans l'eau (B. 6) 2 p. in-4 en larg.

307 — Le Cheval (B. 7). In-4 en larg. Belle, sur papier *à la Folie*.

308 — Le Veau (B. 8). In-8 en larg. Belle.

309 — Les Chiens (B. 9). In-4 en larg. Belle, sur papier *à la Folie*.

310 — Les Chèvres (B. 10). In-4 en larg. Très-belle.

311 — La Vache et les deux Moutons au pied d'un arbre (B. 11). In-fol. en larg. Belle.

312 — Le Bœuf et les trois Moutons (B. 12). In-fol. en larg. Superbe.

313 — Les deux Vaches au pied d'un arbre (B. 13).

314 — La Brebis (B. 14). In-8 en larg. Belle.

315 — Les deux Moutons (B. 15).

316 **Velde** (Jean van). Tobie bénissant son fils, d'après Moïse Wtembroeck. In-fol. en larg. Belle.

317 **Vlieger** (Simon de). La Forêt claire (B. 3). In-4 en larg. Très-rare.

318 — Le Transport du blé (B. 5). In-4 en larg. Rare.

319 — Le Lévrier et le Chien courant (B. 11).

320 — Les deux Lévriers (B. 12). Très-belle.

321 — Les Pourceaux gras (B. 16). Très-belle.

322 — Les Oies (B. 17). Belle, avec une petite marge.

323 — Les Dindes (B. 18). Très-belle.

324 — Les Chèvres (B. 19).

325 — Le Chien enchaîné (B. 20). Superbe épreuve avant les initiales du maître et avant l'adresse. Elle est malheureusement un peu rognée sur les bords. Extrêmement rare.

326 — La même estampe, avec le nom du maître et l'adresse de Just. Danckers. Très-belle.

327 **Vliet** (Jean-George Van). Les Mendiants (B. 73 à 82). Suite de 10 pièces. Épreuves avant les n°°, extrêmement rares. Belles.

328 **Wael** (Jean-Baptiste de). Différents sujets mêlés de figures et d'animaux (B. 1 à 14). In-4 en larg. Premier état, avant l'adresse de Billy et avant les n°°. Extrêmement rares et belles.

329 **Waterloo** (Antoine). L'Hermitage (B. 4). In-4 en larg.

330 — Paysages (B. 21-32). Suite de 12 p. in-8 en larg. Anciennes et belles, avant les changements faits depuis dans la lettre.

331 — Paysages (B. 89 à 94). Suite de 6 p. in-fol. en larg. Anciennes épreuves.

332 — Le grand Tilleul devant l'auberge (B. 113). In-fol. en larg. Très-belle.

333 — La Paysanne et la Fille sur le petit pont de bois (B. 114). In-fol. en larg. Ancienne épreuve.

334 — La Ferme au bord de l'eau (B. 116). In-fol. en larg. Ancienne et belle.

335 — Le petit Bossu (B. 121). In-fol. en haut. Ancienne et très-belle épreuve sur papier *à la Folie.*

336 — La Mère et ses trois Enfants en repos (B. 122). In-fol. en haut. Rare et belle épreuve sur papier *à la Folie,* mais légèrement tachée d'huile dans le ciel.

337 — Les deux Voyageurs en repos dans le bois (B. 123). In-fol. en haut. Rare et belle épreuve sur papier *à la Folie*, mais manquant un peu de conservation sur les bords.

338 — Mercure et Argus (B. 127). In-fol. en haut. Superbe, sur papier *à la Folie*.

339 — Vénus et Adonis (B. 129). In-fol. en haut. Superbe, sur papier *à la Folie*.

340 — Élie dans le désert (B. 136). In-fol en haut. Superbe épreuve sur papier *à la Folie*, avant le trait échappé au-dessus de l'arbre, à droite.

341 **Uytenbroeck** (Moïse). Agar dans le désert (B. 5). In-4 en larg. Très-belle.

342 — Bethsabée (B. 12). In-4 en haut. Premier état, très-rare, avant la lettre.

343 — Junon remettant à Argus la garde d'Io (B. 18). In-fol. en larg.

344 — Diane et ses Nymphes (B. 31). In-fol. en haut. Premier état, avant la lettre. Rare et belle.

345 — Le Berger et la Bergère (B. 48). In-fol. en larg. Très-belle, sur papier *à la Folie*.

346 **Wyck** (Thomas). La Fileuse au fuseau (B. 1). In-12 en haut.

347 — L'Homme ajustant sa chaussure (B. 4). In-4 en haut.

348 — Les Joueurs (B. 12). In-12 en haut.

349 — La Tour ronde (B. 7). In-4 en larg. Très-belle.

350 — La Colonnade (B. 8). In-4 en larg. Très-belle.

351 — La Forge (B. 9). In-4 en larg. Très-belle.

352 — Le Mendiant qui danse (B. 11). In-4 en haut. Très-belle. Collection Gawet.

353 — Le Mendiant mangeant du raisin (B. 12). In-4 en haut. Très-belle.

354 — La Femme portant des paniers (B. 14). In-4 en haut. Très-belle.

355 — Les Matelots occupés sur le rivage (B. 17). In-4 en haut. Belle.

356 — La Fileuse près du pêcheur (B. 18). In-4 en haut. Belle.

357 — Le Pont (B. 19). In-4 en larg.

358 — Le Moulin à eau (B. 20). In-4 en larg. Très-belle.

359 — Le Coffre ouvert (Weigel, 25). Petit in-fol. en larg. Rare en belle.

Renou et Maulde, imprimeurs de la Compagnie des Commissaires-Priseurs rue de Rivoli, 144.

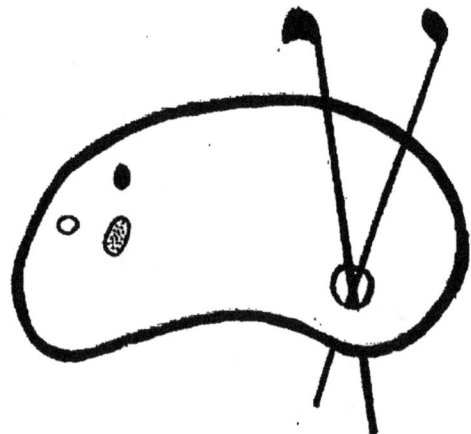

ORIGINAL EN COULEUR
NF Z 43-120-8

www.ingramcontent.com/pod-product-compliance
Lightning Source LLC
Chambersburg PA
CBHW061604180626
46818CB00005B/1942